MEDITACIÓN DEL CUERPO

MEDITACIÓN DEL CUERPO

Odalys Leyva Rosabal

MEDITACIÓN DEL CUERPO
Segunda edición, Naples, Florida, 2021
Primera edición, Cuba, 2005
© De los textos: Odalys Leyva Rosabal
© Del prólogo: Norge Sánchez
© De la presente edición: F. E. Cacique Turquino
© De la presente edición: Ediciones Spinner
© Del diseño: Fundación Editorial Cacique Turquino
© De la ilustración de portada: F. E. Cacique Turquino
ISBN: 9798454682958
Edita: Fundación Editorial Cacique Turquino
Email: norgesanchez@gmail,com
https: (facebook) Fundación Editorial Cacique Turquino
Edición y maquetación: F. E. Cacique Turquino

EL CUERPO Y SUS MEDITACIONES

Sobre Odalys Leyva Rosabal expone el escritor Carlos Esquivel Guerra:

El deseo: la encarnación de un viaje, de muchos viajes. El despertamiento a una naturaleza revelada en los conflictos del conocimiento humano y la cultura universal. La ciudad imantada , irreal causa de teogonía y el fervor de convertir la pureza del cuerpo y todas las pureza. Bajo estos preceptos fluyen los poemas de *Meditación del cuerpo*. Su autora entra en la aventura de testimoniar las transparencias cotidianas y los signos de la memoria desde una voz poética que acierta en su rumbo y retoma con intimidad el desafío fabuloso de la imagen y la palabra.

Odalys, es una autora multicromática; le imprime matices diversos a su escritura, tanto en la narrativa como en la poesía: en la primera sus cuentos y novelas han encontrado un mundo lector, en la segunda se sabe dueña de varios estilos poéticos: la décima, el soneto, el verso libre y la prosa poética son esas olas donde se sube y toca la espuma del mar de sus antojos.

En este libro de meditaciones y desafíos, discursa íntegramente desde el verso libre y sus textos están permeados de carga emocional, por momentos con línea hermética pero en otros casos asienta sus divergencias y cuestiona esas vicisitudes con las que no concuerda.

Este es un texto que aborda lo lindo, los olores primaverales con el canto de la lluvia, a fuerza de metáforas nos cohesiona y nos estremece. Sus versos se juntan con la magia de los vitrales y el resplandor de los espejos, pues tiene esos elementos cósmicos de la luna y la tierra observado por una esencia femenina que se nutre de los encantos de la naturaleza.

En ella vive la Isla con sus sentidos avispados, el mar la navega hacia el interior y lo devuelve con frases y asentamientos de ternura. Es el amor un divagar por la añoranza y la nostalgia, los vientos marinos y su espuma se juntan con los jardines y las palmeras ella dibuja a Cuba, y esa tierra tiene otras meditaciones como son los regodeos de los seres humanos, el descubrimiento de piel y armonía, de goce y naturaleza desbordada en goterones, en truenos y relámpagos que alumbran los campos y ciudades.

Se fusionan las urbes, con sus esculturas y luminarias, y la autora ve la ciudad como si fuera ella misma, o una hembra sexual que abre sus piernas a los transeúntes y los deja vivir armónicamente, con las huellas de los seres humanos a través del tiempo y ese espacio, con su dominio global que a la vez dirige a los visitantes como refugio notable y placentero, allí están los muros tatuados de leyendas, las arterias cómplices del desatino, imágenes de antiguos y nuevos presagios

Los templos más que, sitios de reuniones son formas de evocación, de una ciudad trovadora de sus parques, donde los hombres y mujeres degustan sus alcoholes y saben el himno que los llama.

Deja claro la autora, que los humanos son como golondrinas, descifran sus diálogos con la naturaleza Observen:

He de parir mariposas en el rebaño

sin escarbar lasitudes,

solo lloviéndome,

musicando el Adán de mi serpiente,

asombro de nacer vendaval de nostalgias

porque la tristeza es un gigante

que desata mis bridas al naufragio.

Aquí están los rumores, los cisnes de la noche, los pactos de la vida, los augurios del alma; celebra Odalys Leyva que todavía acude a la esperanza, locura suya de pulsar otros planetas en el vacío de un muro, siempre cabalgando de invierno a primavera.

Norge Sánchez.

A mi familia siempre,
Ediciones Spinner,
Fundación Editorial Cacique Turquino,
y al Frente de Afirmación Hispanista de México, A.C.

I

ABISMOS SIN ÓLEOS

QUE ETERNICEN

Nada golpea ese rumiar de caracolas,
los cambios inevitables en los muros,
esta balanza no puede temblar,
es la meditación del cuerpo
por el pez de su lengua.

Odalys Leyva Rosabal

DOMINIOS

Una ciudad no puede abrirse el nombre
ni ser la hembra que aplauda al diablo y sus conjuros,
recorrer estatuas,
bacanales como espectros que van al precipicio,
herida de saltar los puentes
con un siglo de huellas a la espalda.
Su calendario no advierte los dioses que viven en el tedio:
esta ciudad de parques, trovadora del cuerpo,
apuntala sus redes.
Aquí pienso en Venecia,
mi jaula con licor de siglos.
Inauguro la edad de otro viajero,
este vacío de espigas me da fiebre.
En la noche hay intrusos, no buscan el espejo
(decir ciudad es más que saltar su lujuria,
esconder de los niños la gula y el pecado,
adornar los vitrales pulsando la inocencia).

Solo un convicto se refugia en mi embriaguez
por el sexo sin nombre,
busca sustento en mis paredes y sábanas,
parques donde los *gays* rezan
a la única *manera de estar solo*.
Ciudad, acrisola su furia en los trapecios,
mis duendes confesores traspasan la vejez a tus dominios
porque decir ciudad es mucho más que abrirse el nombre
y tatuar en sus muros la leyenda.

MEMORIAS

La ciudad tiene corazón, raíz que fluye a otras arterias,
una muchacha en la música de los saltimbanquis
y sus perros.
Sé tu nombre ciudad.
Muros como huesos de niños te buscan el escombro.
Candilejas que duermen para no oír al trompetista,
a los noctámbulos descifrando tus dolores
sin cortarse el miedo de sus culpas,
beben noticia, polvo, polvo.
No hay vocación en tus periódicos
para disimular la ira hacia los dioses,
los tremendos, brutales, mitológicos.
Ciudad, larga el fósforo: el epicentro del pubis enconado
sobre el peñasco de la risa.
Ignorar tus diluvios revela las razones de Noé tras el opio;
escriban tus crónicas los brujos,
consuman sus elixires de falsos evangelios:
el fogaje que ondula es talismán de la entelequia.
Oh, ciudad sin Quijote, sin esos tinajones donde soy rocinante,
esposa fiel del mago.

El almizcle me aleja las gaviotas, sin hablar de los orfebres laboriosos

aquellos que tallan mis orillas.

Una ciudad es la creación del tiempo.

DESACIERTOS

Por los siglos no soy luz, soy imagen,

eterno acueducto, sabor a sal.

El polvo deja un año en la garganta,

la piedra para ahuyentar sonámbulos

¿El viento puede ser presagio deseoso, frágil,

lanzarse a la sombra de los templos?

No convergen los dioses.

Es un descuido la ciudad sin mendrugos,

los pájaros confunden la glorieta

con el verano sin ángeles.

El madero no tiene una gota de sangre,

tiene alcohol, Nicotina, hechizo de monedas,

un puñal al costado,

(mi guitarra que busca su soledad entre las cuerdas).

Soledad la de los ambulantes con su cruz,

en la taberna un óleo a Cristo,

un toque de tambor a Gelsomina.

Le falta amor a esa madera,
¡hay nudos que acorralan el tiempo!
Ciudad trovadora de sus parques,
a Ítaca vuelve el mendigo,
es mejor el palacio sin techumbre
(no le importan madera, barco o cruz).
¡Al aquelarre!, uñas en fila por la muerte,
la hora llegó, no esperaban un himno
desde la procesión del aguardiente
consuela saber que Maiakovsky no tiene clavos,
ni Da Vinci usó coronas de espinas.
Dios, una ciudad es lenguaje,
sabiduría del bolsillo
somos sobrevivientes
¿qué danza nos obliga?
Llegamos a la colina.
Se exhibe un hombre
(los gorriones sobre su crucifijo)
En el baúl llevaba un poema.

CONVITE CON MÚSICA DE ÁNGEL

Una invención de lluvia entre los dedos,
crepúsculo,
avatar por Caruso.
La lírica de un avestruz no sabe de mis pasos
que emigran sobre los adoquines
donde habitan peces satánicos del alma.
Condenamos la tierra por el tedio en los mares.
¿Qué culpa yace tras el hombre?
Los románticos naufragan,
la realidad es un principio,
un código de nombres por la gruta
donde persisten memorias del otoño
en un noviembre definitivamente ciego,
los papeles van rumbo a la neblina
                    de pájaros.

DETRÁS DE TU ROSTRO

Tu risa devuelve hinojos a mi sed,
un silencio con arbustos desata agujas,
y mis liebres anuncian leones para besar la muerte
(son fieles a la roca).
El tiempo cruza al entregarle el verde,
navaja del sol y ese perfume hecho de venas
al temblor de crisálidas.
Es todo un manto, verdad con cicatrices,
Quién sabe si deliro en el verso más hondo,
no tocaré tu barca —los navíos me dan miedo—,
siempre la desnudez tiene veranos,
un prólogo de duendes
como la nuez de la isla que no resiste unicornios.
la mujer puede ser herejía,
amar los girasoles de sexos torrenciales,
brindarles la otra oreja,
ofrecer su boca.
¿Qué pupila tuerce sus pretextos?

CADA SIGLO ES CALIBRE DE VOLCANES

Vuelvo paciente en las palabras,

dosis de sueño hasta lo efímero.

¿A dónde van mis golondrinas, su tristeza?

A cuestas llevo fugas,

estaciones de trenes para tejer el mundo

sin abrumarme por Withman o Pavese;

cada siglo es calibre de volcanes,

ganancia para descifrar diálogos

hasta que el hombre encuentre un destino sin neblina.

El mundo es adulterio,

fracaso de Dios para nombrar el pánico.

Van Gogh, no tuvo nidos,

desató barajas en un mapa de sombras,

existencia, escombro demente echo universo.

Cuando las costillas defienden el oleaje
y la tristeza esconde esa ruta de animales en celo,
sin hijos que duerman sus campanas,
ni dancen a orillas de un Amazonas
donde presagie el diablo,
soy lindero de mi lengua
magia de estertores zodiacales.
He de parir mariposas en el rebaño
sin escarbar lasitudes,
solo lloviéndome,
musicando el Adán de mi serpiente,
asombro de nacer vendaval de nostalgias
porque la tristeza es un gigante
que desata bridas al naufragio.

EL ÚLTIMO PECADO ES LA SOMBRA

En mi ciudad guardo una lluvia de siglos,
tejados, erotismo en andanzas,
no por la imagen milenaria
en constelaciones de ternura
hacia la penetración del mar:
el de las ganas sin regreso,
malditos pezones del aire.
Anclo esta fiesta de licores,
un hombre por mi desnudez.
Voy a salvar el meridiano de tu pelvis,
esa colina para trazar mis huellas,
hacerme al óleo con el pretexto de perdurar.
Los editores derriten el labio en otro poema:
El que nunca fue mi rabia.

LUJURIA DE PALACIO

De tanto esperar me he reclinado en la neblina,
no pertenezco a las almas perdidas en silencio
de otras voces,
figurar mi temor es incendiarse,
pertenecer a ese sitio donde la culpa
es imprecisión de los que acosan.
Por la cuerda me desato
en el grito salvaje de tu esquirla,
tu aguja intuye piel,
adagio, ceremonia en la ventana,
espasmos que pueden traficar mi ángel.

No voy a orar por profetas y juglares,
tal vez a ciervos en el desorden oculto de mi nombre,
cataclismo sin penitencia.
No puedo morir la llama,
mi obsesión es la trampa en los cuernos del diablo,
un rumor al hombre del atisbo.
El cuece todas las ganas de la hembra.

LOS LÍMITES NO BUSCAN CALENDARIOS

Quejido es polvo,

triste se ha puesto el tiempo.

Los cisnes se fugan de la noche,

ausencia es más que vacío,

prisión es de alas,

cansancio de tantas explosiones.

Mi residencia, la vida.

Cuando el recuerdo no es simple,

mis paredes no pueden evitar el frío,

el último secreto es la pasión

(un pecado estar solos),

debemos abrirnos,

los límites buscan calendarios.

Lo frágil, doloroso también es corruptible,

intentar el perdón con imágenes,

desnudez, belleza en el artista.

No doy la perfección

(mi autorretrato es el absurdo).

La inmortalidad resbala

sobre mis cruces de ceniza.

PREMONICIONES

Se puede morir de cualquier manera,

donde cortan la risa del centauro.

Los siervos recogen el almizcle,

transitan la escalera infame,

desde los ventanales resuena el acorde frugal

de las estatuas

un epitafio sin maldecir

como una trampa o limosna de la muerte.

Cripta de mis augurios,

la premonición es una deuda,

un verdugo del alma,

que ha firmado su pacto en todas las reliquias.

PREMONICIONES II

Mis corderos son de espuma,
manada que invocan la nostalgia.
El timonel encuentra remolinos
echa triste las redes con su fruto,
busca la lluvia, la compasión de una ventana;
sabe lo mismo de dardos
y fósiles en un viaje hacia otro puerto.

Mi costilla es de un hombre
que todavía acude a la esperanza,
locura suya de pulsar otros planetas
en el vacío de un muro
que saltan mis corderos.

PREMONICIONES III

A veces la música destrona el suave elíxir,
palabras como niños buscan todo secreto,
el asombro es una fiesta
en la que cantan abedules y madreselvas
siempre mar adentro,
las costas prefieren jazmines, aunque sea una vez al año,
no se pierdan sin encontrar su lluvia
(las montañas rodean siempre a un solitario),
como cabalgar de invierno a primavera.

PREMONICIONES IV

Vírgenes sórdidas,
permanencia de ser muchachas
aún cuando sus años culpan los senos
que fluyen sobre la piel.

No despierta el exquisito miedo de la indiscreción,
sin remedios las ropas siguen siendo desnudas.

Pobre imaginación, inútiles pasos innombrables
que insinúan volver toda la distancia
a la semilla de las ataduras
(sangre igual a la fe).
Cualquier cosa las hará despertar en regocijo.

DESPUÉS DE UN LABERINTO

Una grieta forma mis canciones,
mis heridas no muerden como lobo
a no ser que la mano esconda otro deleite
(ráfaga de soledad y clamores).
Solo una hélice parte las migajas
que se pierden en contornos del cuchillo,
nadie imagina los nidos de otros árboles
ni la asechanza del reloj,
huyen a la serpiente para no ver manzanas
en el polvo que nos cubrió las mejillas.
Un amanecer mi puerta calló sin detenerse,
miramos hacia el mar y el aire deshizo las postales:
era una historia de mundo en intemperie,
puñal desnudo entre cuerdas y bálsamos,
la angustia como velo en otra risa

¿Qué intención del jazmín, se pierde en el perfume?
La noche dice que mis golondrinas emigran
para no ver los gatos en su jauría nocturna.
Este es mi pequeño soliloquio,
en un cielo de palomas
mientras acudo y cierro la ventana.

DESTINO

Aprendí la danza del cuchillo

Alberto Garrido

He hallado con mis manos
imágenes acogedoras y sedientas
sobreviven a toda alianza
sin desnudar secretos,
mienten detrás de las ventanas,
se aburren de los nocturnos
como perspectiva tienen látigos
contra un milagro de cortinas,
sudores que galopan en la muerte,
candilejas como párpados.

Edipo manoseará la sangre,
aprendió la danza del cuchillo.
No importa la ciudad,
el clamor de los perros por su sexo.

Mi pincel se quiebra
porque llueve en la calle de las moscas.

II

ESPEJOS DE LA IDENTIDAD

*Las piedras con esos modos
entran en los laberintos
cuando parecen distintos
los días en los recodos.*

Jesús Álvarez Pedraza

LA FLAUTA COMO UN SIGNO

Un monasterio busca en el hombre
su soledad sepulcro sin traiciones.
Existe una manera de rodar,
se descuida la mente,
noche húmeda,
los monjes también esconden música,
flores al deslinde.
Plenitud es danza, versículos posibles
es más sencillo derribar un puente que construir un río:
la clave no es huir del evangelio, lamentarse del búho
porque la fábula tiene gritos nocturnos,
designios de la muerte y su guadaña.
Dementes, mi diálogo no lleva cintas de colores
en noches desbrozadas del fuego
minúscula es la mesa,
típico es que el hombre amanezca sin remos
convertido en tierra frente a la marejada de los peces.

DÍPTICO

Vienes en la ligereza, en un discurso sin escapatorias.
Te veo mi sustancia finisecular a esa memoria de relojes;
una mujer se enajena a un extraño,
escruta su silencio.
Es mejor desandar la noche sin buscar el tarot,
los pies no detienen esa intromisión.
Venus, vorágine de fuego en la locuacidad de los arcanos,
como una actriz de Hollywood
marcha el último bufón de dominio,
huyo despavorida;
de frente al malecón
duele esa canción de Silvio:
Tú la perdiste, pero aquí se queda.

SE FUE POR LA ESPERANZA

Ella marcha por otras latitudes
le duele la neblina
el mar con ojos de arrecife,
nunca luchará contra un hermano.

II

Hay un eje de luz en el silencio,
el pueblo se torna una culebra,
y los ojos de yugo lanzan escapatorias;
vida y muerte son consigna,
grito de guerra y ovaciones
¡Patria o muerte! ¡Patria y vida!
y la Isla clama en turbulencias
como madre que vela por sus hijos,
quiere darles un abrazo
decirles a todos que los ama
que siempre serán sus hijos adorados.

Una madre nunca olvida,

ni permite que nadie separe a sus retoños,

un hijo es un ser para siempre

son carne de su carne, sangre de su sangre,

Las lágrimas contra los arrecifes,

Madre- Isla, se sienta frente al mar,

añora a sus hijos que se fueron en balsas,

llora por los que fueron comida de tiburones,

los que sucumbieron pasando las fronteras,

y los que murieron en la Guerra de Angola.

Una madre, es una madre,

nadie la aparta de sus hijos,

los de adentro buscan sus pechos

quieren la leche materna,

calmar el hambre,

sentir su pezón de brote tibio,

que su madre brinde igualdad a todos sus hijos,

y los niños no lloren detrás de las vidrieras

sin poder alcanzar los caramelos.

Una madre no permite que sus hijos se enfrenten.

Nadie le coloque un madero en sus manos,

tampoco una pistola.

y dice: «Hijos, Dios está cerca,

cuidado con su temor,

no hieras a tu hermano»

La distancia es un ruido con acordes marinos
el cuerno divide ideologías,
nadie es igual a nadie
pero la libertad es una sola
y mancillarla es sembrar la sangre en la colina.

EN LA CRUCIFIXIÓN DE MI AGONÍA

A mis antojos dibujo la estirpe de los galgos.
El mapa no puede abandonarme.

Soy aprendiz del equilibrio,
aún no tengo los cuadros más recientes de Fabelo,
ni conozco el vidrio de una América con sudor
en la pupila.
El último crucero lleva golpes,
lamentaciones, antifaz para cuervos
que emigran al elixir de los sobrevivientes.

En el coloso podré ser artificio, ingenua,
pan de mi perro.

El éxodo converge.
Roma triunfa.
El crujir de los límites es otra farsa.

LA LUJURIA EN EL ARCA DE LOS DIOSES

Mis códigos pueden haberse extraviado
en esa geografía de mi lluvia
por la niñez de un Dios que se agotó del mar
al darme el vino.
Cristo sobrevive. Romeo y Julieta hurgarán
en la danza de los cuerpos, mi isla revive sus fragores.
Soy peregrina de todos los muros,
novia de los lienzos,
mi peligro es la guitarra con insomnio.
Voy a tocar la puerta de Enríquez y decirle a Fabelo:
los muslos crepitan si el cristal tiene lluvia,
si mis amigos prefieren el whisky a tasar la piel
de otros guerreros.
No voy a enmudecer,
huyo a la inercia sin canciones,
lo común es el suplicio,
llorar por el alcohol es beberse la cópula
la lujuria en el arca de los dioses.

TOCATA Y FUGA CON AMANECER

Debajo de tu piel se mecen guitarras,
voy a desnudarte después de la armonía,
unidos sin profanar el beso.
Mi sábana ondea en frugal remolino
aciclona gorriones,
la región es tu sombra
esta fuga me calcina los vientos,
lagos de clímax profundo,
audaces en todo el acertijo,
en la fronda coloquial de mi pubis
marchitan madreselvas,
duendes de mis playas,
lúbrica obsesión de este aguacero
donde fluye un aroma
de mieles será la fantasía.
(y comienza la danza).

ETERNO JUGLAR

Voy a nombrarte juglar de mis honduras,
mundo sublime, contienda sin rigores.
Sobra ternura en mi castillo de peces,
espero la caída de las hojas,
estación es un símbolo, recurso de fatales
para esconder tristezas
puedo lloverte, ceñirme al recuerdo,
tropezar es una manera,
otra costumbre de noctámbulos.

La tristeza es un motivo que no podemos perder
en esta raza de locos y poetas en la calle
por café, cigarro, y alcohol.
Aunque tengamos que morder razones,
pensemos el delirio como una salida,
no en incendios duraderos de las ganas,
húmedas curvas de tu boca sin ondearse el murmullo
porque no traes el abismo, ni la espesura
donde en lenguas sumerjo mis deseos.

Eres transparente y yo furtiva,
no soy raíz, mis tentáculos van al aljibe
a beber el cáliz de un Dios sin sacrificios comunes,
sólo limpiar el brocal y no dejar cicatriz en el borde,
lo inefable de mi asombro
en el ruido de un animal de fuego.

AUDAZ SIN ESTRECHECES

El amor y el dinero suelen equivocarse

(injusta desolación de muros,

bestia que busca santuarios de pieles,

no partí la tiniebla por mi causa;

se fue de la mano el simulacro con angustia,

entre el dólar o el peso).

¿Qué otro negocio podía estallar sobre la mesa?

mi restaurant náufrago de llagas,

con mis cenizas al escape

no en New York, ni en Venecia

mi capital es Guáimaro,

fiebre de cristales tras los huesos,

la corona infantil no es de guitarra

sino una fiesta de semillas por las aves de la tierra.

Soy audaz sin estrecheces,

un campanazo no puede profanar

al aprendiz de trotamundos.

Tarot vence utopías, exceso de alcoholes y sábanas.

Mi pacto sigue siendo entrega de la luna,

conjuro sin dobleces,

mi cabello se derrumba con violencia.

Guarda tus monedas,

ofrécelas al pintor que hará mis lienzos

o al poeta que hizo un retrato en mi sonrisa.

NADIE SABRÁ LAS PENAS

Erinna es una madre modélica
sus hijos nunca han descubierto sus adulterios
Lalage también es una madre modélica
sus criaturas están gordas y felices.

Ezra Pound

¿Por qué esta risa lastima los peces?

La alegría acaba de salir del vuelo de otras aves,

pierden el retoño.

Si vuelven les brindaré mi nombre,

nadie sabrá las penas, los recibiré

para vigilar mi isla:

detendré las escarchas,

el invierno no cuidará a los gatos,

me satisface por la ternura

de ser más acariciadora que modélica.

UN ÁNGEL NUESTRO

Se necesita un ángel para todos los días,
no importa su heredad,
la sombra con que empolva los cristales
cuando las campanas abren lejanas puertas,
un ángel puede traer el olor de aquel mar lejano
con la sola ambición de una espiga de trigo,
recién abierta a su bonanza...

II

El poeta es intenso en sus ramajes,
ama la desnudez y su voz que sangra en sus adentros.
Peregrino atiende la fuga
que le habita el pecho con gaviotas,
sabe que hay remolinos en la otredad de lo innombrado,
que su garganta es enigma
(al final invocará un milagro de fósiles o espectros).
El acto de tejer no es amasar la costilla perdida,
ni que un milagro consuma en el Adán un poeta.

MEDITACIÓN

Un trono en silencio es mi única salida,
no es la memoria que los ángeles buscan
o un cambio de estaciones.
Estas son cosas de hombres, no de árboles,
máscaras de costumbres a la vigilia,
piensan en los cazadores sin percatarse del disfraz:
nadie ve el ave escondida, el miedo que engendran
sus avisos
(hasta los tigres y los lobos decepcionan su raza,
se cortan el sexo en escapada,
ya no tendrán qué colgar
cuando la niebla les cuente de un nuevo ángel
y les diga:
(Los musgos crecen al fondo del silencio).

II

Corre sin fingir la poesía
(sudor es la lluvia),
sencillez donde la planta se ve nocturna
con raíces para tomar el río
(en las orillas los sitios son buenos).
Más allá existe el hombre y esa filosofía
de que todas las ventanas provocan un salto:
un sueño sin ventanas, sería un mundo
en una cueva más al fondo.

III

Te gusta ver mi piel
y el cabello de india que reposa en los hombros,
senos y pubis,
lirios para adornarme entre paredes,
en el piso es la fuga,
con la paloma el viento,
y nuestros hijos como briznas en la sangre,
bosques en su espera
(en ese derramar innecesario
donde tantos niños reclaman
el fuego pudoroso entre el pubis, tu lengua
y el cabello de india que reposa en los hombros).

IV

La oscuridad no es triste,
el soñador cuida su noche,
los astros de una ciudad son cómplices
de todas las bocas:
voluntad del amor que nace en las calles,
no es lo grave tomar vino bañados de rocío.
La intemperie denuncia:
andar desnudos no es más que beberse la luna,
entre los senos darle luz a sus aguas,
reverdecer la magia con violines.
(voy a intentar la magia
con la energía de un solo confidente).

V

La noche es farol que alumbra lo tremendo,
siente los crucifijos sobre el árbol
y sabe que detrás de todo llanto
hay una voz que inquieta
que emite las noticias desde el vidrio.

LO IRREMEDIABLE

No me llames pensando que caminas
si el mar tragó tus pasos,
frente a tus ojos la espuma,
hereje como John en su obelisco
dibujas un camino a mis espaldas
(emigrar no es de aves,
es la enfermedad de ardientes pechos).
Agua de bestias,
¿qué plumaje ha borrado el vuelo de los dioses?
Laberintos de hombres que beben hasta la resurrección,
sus cabellos color de siglos trasmutan génesis,
conocen rituales en los naipes,
la injuria gotea ante el oráculo,
se disfrazan hasta la perfección,
es cosa de la mente.

La vejez es vestidura del tiempo,
y penetra como espada en nuestros ojos.

DEL OTRO LADO DEL ESPEJO

Su padre le entregó a la tormenta,
lo pintó de hojarasca
haciendo un ser extraño para todos los ojos.
Eran manos que trazaban la sombra,
Mustios sueños rodeados de barnices
(no se va a parar este siglo
por sus peripecias al amanecer).
Un paredón a los espejos de la identidad,
a los espíritus cercanos.
Las bañaderas brillan por el rumor de los desnudos.
El agua es presencia sobre la creación que envuelve
su acertijo.

Magia de imágenes entre balcones
para descubrir cuerpos horizontales.

Los hombres simuladores y venturosos invitan a la faena,
pasión de cuchillos como lenguas,
el trono con su solapín
y yo detrás del catalejo en esta noche.

III

TALISMAN DE LA PIEL

*Les dejo
esta señal, esta herida
para indicar la salida
hacia mi propio reflejo.*

Yunior Felipe Figueroa

EVA SIN ESPEJOS

Una mujer en la calle lucha, lucha
ofreciendo alcohol milenario sin rigores
(embriagar es mejor que embriagarse).

No desato mi locura, ni vendo las aureolas,
mi pubis no es duende agonizante en los billetes;
contacto de los cuerpos en la lluvia.

Claroscuro ardid de la belleza,
en mi ciudad los lirios develan la música,
el cuerpo oscila en desamparos,
su contorno salva nostalgias.

Voluptuosa aprendiz del eufórico germen
donde bebe mi río sin orillas,
¿qué muslos pernoctan la timidez de una doncella?
¿Quién sabe la edad en mi destino de palomas?

Soy heredad de golondrinas,

cicatriz es mi lengua en el espejo

y puede cubrirse con telarañas,

no hay vértigos, el origen es enigma de la hembra

aunque bufones se vistan de viajeros

para tocar su flauta,

no siempre mi verdad lleva toda la música

y no siempre la música acompaña mis fragores letales.

DONDE DUELE EL ESPANTO

Nostálgica me he acribillado contra el verso

¿quién carga el daño de todos los naufragios?

sin el sur ni la grupa afiebrada por veleros,

poseer el brío de mis pezones es enigma de Bach,

preludio de cascadas en mi lluvia.

Pueden condenarme sin palomas.

En mi lengua cruje el desconcierto.

Tendrás que probar la brisa para tejer galaxias

enamora la ausencia en mis gaviotas,

ni los trinos del aire son ajenos a tu memoria.

Duele el árbol sin agua,

la raíz sin jinete, su lagrima es el fruto.

Defiende la timidez, aquellas madrugadas

donde el canto de los pájaros desafió a la neblina.

Ciudad, vendavales del hombre que me habita

allí podrá trinar la música sublime de reveses

(danzaremos un vals de animales en celo).

El amor renace, frontera en equilibrio,

no siempre da ganancias.

LA SANGRE PALPITANTE

... para invocar a las constelaciones
donde vuelvo otra vez a coronarte
príncipe de jamás.

Diusmel Machado Estrada

Pudiera hacerme a la inquietud de los árboles,

gorrión en el aliento de las sombras,

muro transido por aquellos que no saltan

ni acosan su vejez en los augurios.

Cualquier desesperanza es suplicio en los tontos.

Sufro las coses de caballos de fuego

que incendian la precocidad de mis pupilas.

Amo cada renglón de una mirada

cuando en el alma se desatan mis peces

y la fuga comienza otro camino.

Peregrinar, ser un más

aunque esta ciudad no pertenezca a mis bufones

y ellos, tristes, se instauren

en el primer destierro hacia el olvido.

LA DAMA DE LA ROSA AMARILLA

(Para Ana Rodríguez y su jardinero).

Lluvia de su pecho tras la bruma
sabe de inviernos,
voz de la mañana con tentáculos
para arder sobre las horas de su viaje.
El vino es música que devuelve ausencias
vive entre paredes de la noche
su tesoro con jardines,
esas rosas pactan con incertidumbres,
los signos son locuras en el pez de la sombra
calma a flor de piel hacia el planeta
no puedo descuidar sus emociones ni negarle
ese enigma de potro en la llanura.

Es la dama en intramuros,
veleidad de fronteras
conoce virginidad de migraciones,
eco de las aguas,
fervor tras la niñez en los augurios.

Las rosas amarillas deducen costumbres
de pernoctar en solitario
como pájaro se cubre la neblina
si salta el nido renace el maquillaje de sus llagas,
de otras constelaciones,
de música con gaviotas y ese carnaval de mendrugos
que puede dispararse en el asombro.
Soledad es un puño que duele con rutinas
demencia de temblor con su diluvio
(no fecundo la fe hecha hojarasca)
la desnudez de una ciudad atraviesa el vicio de los cuerpos
su danza es el hombre de juegos,
él de márgenes profundos
al jardín con fábulas y pétalos por su lengua
¿quietud qué mar retorna a los temblores del destino?
¿Por qué el jardín no esconde la leyenda de los dioses
y eterniza este siglo en su añoranza?

AUXILIO HACIA EL RECUERDO

De niña escudriñe retratos, antepasados

y el grito por la vida semejante a un bosque,

niños con el cabello a la cintura

por la promesa ofrecida hasta los nueve años.

Sombras en el arroyo, en el horizonte de las manos

un potro alazán de piedra y sombra

para morder la hierba.

La naturaleza no olvida al hombre

no tiene edad en sus raíces.

Pueden volver los rostros, una boda, dos primos

en un acto de incesto, ¿Y los hijos, el mongolismo?,

¡Qué vida inquieta a sus desnudos!

Pensamientos como cisnes torciendo los cuchillos

por la cárcel de un pudor como sombra.

La comunidad digiere los pasos

sin embargo, no somos puros, el fuego sabe tentar la fe,

un telón tras el monstruo no admite confesiones,

el área, aunque ligera danza en un solo golpe;

pecar es nuestro espacio, no somos apóstoles;

somos la creación ardiente que rompió la piedad del paraíso.

RÁFAGAS

Mis senos hostigan,

merodean la espalda segura a los festines

y la mano en silencio acrisola sus fulgores.

La vendimia es un aspa en Zigzagueo

tras los jugos y gritos, es el ardid donde busco

sin alcanzar la excelencia de otras manos,

solo un ardiente julio en el invierno de tu alma.

El estallido de las mieles será la tentación,

la conquista, el calvario, la ignominia

para toda una especie que defiende su sexo con fiereza.

Doy a un hombre mi piel, al de los huracanes en la sangre.

Yo soy su voluntad; él mi plegaria.

Dios nos busca

y perdona el fragor de nuestros cuerpos.

ARDID DEL ELOGIO

Vida, dame una noche en su cama para sentirme hembra,
romper las piedras de un volcán,
los vientos de un paisaje en remolino.
Es el misterio de la procreación que desciende a la tierra.

Usaré un amuleto, la pluma en el cabello
y la flor en la mano.
Voy a unir la paloma con la fuerza,
encerraré este bosque desde mi talismán.
El vientre y sus pétalos devoran el espíritu,
gracia de los felices que engullen cristales
en los cántaros
para servir placer junto a su lengua.
Oh tibieza, no alabemos los vicios:
es el naufragio en la caverna del suicida,
ese que muere devorando los senos.
Me salvas de la humildad de los letales.
Conspiraré contra la perceptiva de los peces
hasta los límites del fuego.

ETERNO ALIENTO

Mis códigos pueden haberse extraviado
en esa geografía de mi lluvia
por la niñez de un dios que se agota del mar.
Cristo sobrevive, Romeo y Julieta
hurgarán en la danza de los cuerpos
para revivir la isla de sus ganas.

Un hombre es el trigal de la palabra.
Soy peregrina de todas las zanjas, novia de los lienzos,
mi peligro es la guitarra con insomnios,
voy a tocar la puerta del pintor para advertirle:
los muslos crepitan si el cristal tiene lluvia,
si los amigos prefieren el Whisky
a tasar la piel de los guerreros.
Me niego a enmudecer, huyo a la inercia.
Lo común es el suplicio,
la lujuria en el arca de los dioses.

ESTACIONES

No me fui del invierno
me hirió su transparencia

Puedes besarme hasta que las palomas
me recuerden el alba:
si las hojas caen, no temas del otoño,
será el camino hacia otra primavera.

La luz mancha mi carne de flores
y bosteza el perfume que inunda las mejillas,
las sábanas por nuestras tempestades.

Me marcho en otro vuelo,
y soy la golondrina que emigra hacia otro frío
para ovillar el néctar
hacia las estaciones de tu ausencia.

ANÓNIMA FRAGANCIA

Nuestro origen no estaba en la sorpresa del agua

ni en el giro del fuego al universo,

ni en la música del aire.

Somos profetas tentados por el diablo,

tras el poder de Zeus

en la danza de Olofi tejemos procesiones,

poemas brujos

sin detener el golpe a la demencia.

Me gastaré desnuda en la utopía,

allí un dios muerde su fuego de milenios,

voy a cazar ciudades en mi doble embestida:

«Es loca» —dicen los perdonados—

fornicadores que promulgan detrás de sus pisadas:

«Ella, la erótica, no amarra sus senos»,

y mi manzana a cuestas duele su serpiente.

Me ata una piel de hombre,

y no quiero perder sus huracanes.

ERA MI HOMBRE, NADIE LO SOSPECHO

Se me prohibió una lágrima,
no puedo desviarme con fantasmas
en esa voluntad donde no necesito
buscar las armaduras,
existen costumbres de dar vuelta a la noche,
hacer permanencia en el vicio de las pieles.

He soñado desiertos, una habitación rodeada
de montañas,
había un hombre disperso en mis laderas
como un pájaro nombrándome las hojas,
inventamos la casa para hallar la razón
sin soledad de abrigos,
era mi hombre, nadie lo sospechó
porque nunca fue malo hablar de sueños.

FUGACIDAD

Regreso a una ciudad sin profecías,
un pueblo censurado en la orfandad.
Por un siglo fui virgen a oscuras,
un naufrago deletreó mis bondades
y la estación quebró lujurias,
dijo que no podía llevarme,
que mi lengua era vendaval
pura sabia de duendes
(y no quise llorar, supe la bendición de los dioses).
Atendí la frialdad de mis instintos,
sexual el horizonte en esa nieve
sin derrumbes en la oscura caricia,
mujer sin talismanes en el cuerpo,
solo viví el placer de ser nocturna.

DESNUDA EN LOS ESTEROS

I

Encontré la miel de Ochún
y el perfume en mis venas
fue un lenguaje cubierto de palomas.
Quien amó los claveles
se detuvo en el iris como fruto inaudito,
devoré las manzanas,
salté mundos,
vino después el fuego.

II

La habilidad y sus angustias, todo es ajeno
a un animal que defiende la luna.
Ella pasó los tules y encontró sus desnudos:
sutilezas del gozo, ebria de otra canción
en los sucios cristales no escuchaba las copas
los hombres andan detrás
(Su necesidad, nuestra propia naturaleza).

III

Mi bata se desliza más allá de los muslos,
tocando la neblina que duerme
entre sábanas
y llega el despertar
brusco en oscilaciones,
la noche no desmiente rondas de bulerías.
¿Si Miguel Ángel pudiera descubrir
todas las vibraciones enlazadas al mármol?

FULGOR

Regreso en el influjo de tu contorno,
mis labios engendran arterias,
naufrago en tu respiración,
me vanaglorio por mi signo
con fuerzas de famélicas nocturnidades.
Se me quiebra la raíz de ese oleaje desnudo
por la sombra, te bañas sobre mis emociones,
(distraigo los oídos para adivinar la canción
que te hace detenerte).
Es mi garganta más ardiente que antes
descendiendo en horas
que van a la hierba,
allí donde el mundo se hace un pasadizo
y el deseo como música corretea
por nuestras cicatrices.

No voy a desprenderme,
se me rompe la hoguera
y el humo busca otra dimensión en laberintos,
brota un concierto de flautas y violines
cuando el crepúsculo nos detiene,
somos la danza que se nombra retorno,
caminemos hasta que la piel conquiste
las manzanas del paraíso: insinuación.

AUSENTES APARIENCIAS

Como el péndulo acepta el desafío
cuidé de mis delirios.
Nací del horizonte.
como una *suite* que se instala en la piel
o en la inocencia.

IV

EL TIEMPO SOBREVOLÓ MIS ARENALES

Corre la lluvia como hinchado río
a través de la calle taciturna,
y un grito sin sonido se agiganta
en la mojada soledad nocturna.

Gilberto E. Rodríguez Montaraz

El ESPEJO NO INTIMA CON LA DISTANCIA

Decían que no éramos huéspedes de este planeta,
que nuestro amor era de demasiado real para tener su
perspectiva,
me marché adonde el silencio nos dejó sin palabras,
sin aquellos animales y la presencia en los jardines.
Una tarde el espacio se volvió más adusto,
el tiempo sobrevoló mis arenales;
un hombre hablaba de mis sueños, de hijos
y el perfume del mar.
Esperé sus dibujos y la maleza desordenó mis pájaros,
devoró la sequía y sus prohibiciones.
¿Recuerdas cuando movimos la piedra
para agitar el polen de aquella flor nocturna?
Tuvimos la sombra frágil de una embriaguez
en la que disolví mis estaciones;
una muchacha cuidó sus madrugadas.

Hoy el recuerdo se hace poema,
habitas la tierra, mis paredes, los libros
hasta una nube se burla en mi garganta.
El espejo no intima con la distancia
y la luz me repite la tarde.

PUGNASTE CON MI VOZ

Mira al mar, sufre mis laderas;
todos los remolinos harán el estribor por tus raíces
y el aire a las mejillas
será de fuego si me nombras.
Oculta,
impredecible me haré a los sortilegios.
Ahora voy a crujir en tu mundo sin tregua,
clavarme a tu pared, pactar con tus gaviotas,
pienso esa lluvia donde juntos violamos la humedad
sin oraciones a Dios,
una odisea hasta los poros
con el único puñal de mi ternura.
Levitamos al vuelo de tus peces, sin otro nido
para galopar
pugnaste con mi voz, con mis tersuras
hasta la terquedad de mis carnes fueron la filigrana
de tus manos; clamaste
¡Si lloviera!

II

De no verte más ¿Cómo ceñirme al agua en que cualquier
puerto, gestar ropajes de mi infancia?
Innumerables sombras de tus bosques transitan mi llanura,
te di el beso nocturno, galopé tus entrañas,
fui una ola en penumbras alucinada por la locuacidad
de tus augurios;
¿qué noche tiene vidrios si ha de podrir el alma,
equilibrio y folclor donde van los reflejos?
Hacen mutis mis pájaros,
la profundidad muerde las hojas
y sigo siendo lluvia, ciclón inacabable por el ansia.

III

Me llama el horizonte de tus costas,
voy al vicio de casar mariposas
y duelen sus espinas, la flecha hacia otros mares.
No temo descubrir la danza de la lluvia,
mi balcón no es límite,
cualquier oficio busca oscuridad
(bailo sobre lo triste para fingir que mi ventana
es un mantel donde tender la inercia).
La contraseña de los mudos es tan simple
como ser hembra hacia la música
(mi pecho de siglos no cree en edades,
el planeta es la boca de su hombre);
porque sentirme ingenua es rasgar el pudor a crédulos
que buscan a hurtadillas mi poesía,
el sexo con que me cubro las bondades
y canto el origen del lobo
(La manada es un ángel que retoza con frutas en la cesta)

De bruces, salto desnudo hacia la noche,
me imagino la reina de los pájaros
no me importa si gritan:
su mansalva es la risa donde copula el diablo;
y sigo siendo hembra,
para abortar un racimo de nubes y embriagar
los álamos del viento.

IV

Me derrite la magia sin una ciudad para esconderme
o un pozo donde tirar mis peces,
ceñirme al universo de las almas.
La memoria esconde trapecistas,
animales que prefieren huir, no temen de los muros,
pues cada borde es un milagro.

Me sorprende una mariposa en el niño que tuve,
hacer balcones, al fin y al cabo, existo,
soy lluvia fértil,
campanas me llevan a la orgía,
a una sombra de piedras.
¡Voy a correr de nuevo!, balancear las migajas
—y me escupen los locos—, tan espina sin nubes
¿acaso grito que me disuelve el mar?

Pude ser primavera y no tener fantasmas,
esconder mis naufragios al hombre de los muertos;
aún me queda un rincón, un salto por el hilo,
esa barca que alguna vez se fue junto a mi almohada
con el Elegguá de mis caminos.

Mi fuerte no es temblar de nauseas
o sobornar el miedo de las cruces.
Mi regalo es la miel al beso de la tierra,
fábula donde sembrar mis codornices
¡y si lloviera!
El aire a las mejillas
será de fuego si me nombras.

TESORO

En el cielo una mujer cosecha el agua,
no se puede negar, los surcos adornan,
se unen sobre la hierba persistentes
como ese arcoiris que seduce.
Una mujer les da el capullo.
¡disimulan, sabe porque se dicen locos!
La perspectiva cuelga,
el tesoro que buscan no es diamante.
Ella guarda sus diluvios de flores, la puerta con su llave
como danzarina de mieles,
en su boca puede un río hacer corazones,
álamos que adormecen la caricia.

Una mujer sueña la ciudad en aguacero
(cl hombre que la nutre también es su perfección).

REFLEJO DE LA VERDAD

Con altanería de reír,
palpo el fruto de extrañezas,
realidad más grande que los dioses
al borde de los mares.
Mientras otra galaxia cuide sus hombres lejanos,
mi piel, será puntero de las llamas.
Lo necesario de comprenderse
en los astros, en la búsqueda de la lluvia,
labios contra labios,
no importa la noche para dispersarse
si nos ha entregado la verdad.

TRAVIATTA

La naturaleza no es simple pared de la tierra:
es su latifundio, anagrama indescifrable.
Los duendes lanzan el último sollozo,
salen a buscar realidades,
tensan las cuerdas de un arpa.
En un sitio de muerte irrumpen las cinturas
al colapso del fuego.
Mi oleaje de paredes al estallar la noche
descubre a los solitarios del polvo,
tenaces sin marejadas en la lengua,
con el tropiezo profundo de mis ganas
al fingir lealtad por el diluvio
las *particella*s duermen en armonía,
detestan el champán, la sensatez de un brindis
temen que desate una *traviatta*.

ABISMOS PARA RUMIAR EL MIEDO

Giras como un planeta,

el rumbo es envoltura.

Voy a disolver tu música

(alma que conoce nubes,

será difícil hallarte en un bolero).

Tu sitio es el jazz,

no la tramoya con augurios.

Hamlet habla de sus Cristos,

Tarot de la oveja que profetisa un naipe.

Baudelaire no canto a Yemayá,

el infierno es rebelde, blasfemia es morir

al norte o al sur,

Dios recibe la ofrenda de los siglos.

HERIDA DE SUEÑOS

Un hombre pide al mar un eslabón del viento,
le dice me refugie en las luciérnagas:
buscarán una salida más allá de los ojos,
no es posible revisar la muerte de un ángel,
es mejor el agua de mar
con esa cuchilla donde el invierno
destrona luces
no por el tedio de las vírgenes.

¿Cuál espuma se arroja en la lluvia
al temblor de los rebaños?
Así la piel durará sin diluvios de mar,
sin otro canto que la lengua proscrita,
en esa eternidad herida por palomas.
Allí vuelve el retorno.

RÉQUIEN PARA UNA EXTRAÑA CITA

El frío recorta el rumor de los relojes
pudiera concentrarme,
buscar dones a la nostalgia,
empolvar el campanario
donde todos los muertos
vuelven en su memoria;
pero los poemas tristes me parecen delfines
cuando hay niños que escapan de su red.

Voy a apretar las clavijas del alma,
esa música me quita mis ropajes,
no soy la virgen del castillo
que espera los secretos;
volverme al olvido sería reposar
en las cavernas.

Mozart no responde a mis extrañas citas,
pasea por las rutas
y esta antorcha que penetra mi oído
despide el frío de mi puerta.

INCERTIDUMBRE

Las grietas destejen esta quietud del aire,
se nublan los salmos de mi piel,
prófugo el silencio se hace oculto,
comienzan mis cristales a descifrar la voluntad
del tiempo,
aparece la levedad del musgo.

El destierro resbala donde el alma del naufrago
perfila sus espejos,
mis pupilas entre venas le distinguen.
Interrogo mi carne para vestirme en ella,
para darle al talismán de las manzanas este temblor,
no puedo declinar mi nombre, borrar el tatuaje
debajo de los ojos.

Un corazón le quita herrumbre al campanario
y vierte mi sepulcro en espirales.
¡Estas cruces no alcanzan las venas de la tierra!

En equilibrio de crisol una semilla
desfigura su contorno,
qué vientos de indulgencia completan las tinieblas.

Somos seres diurnos y nocturnos,
es necesario adornar los senos
hasta que los ardientes rosetones del aire
alojen mi agonía.

Qué desazón en el capullo de cada laberinto
son las premoniciones que se muestran rebeldes:
florecerá la miel en los insomnios.

ENIGMA

Es la cicatriz el muro entre viñetas
que sumerge un milenio.
Llevo la semilla cuando el sitio se muda,
el arco va de bruces,
clamores como dagas me punzan las extrañas,
se culpan tus mejillas para adornar el templo.
Esta fugaz memoria acosa los vitrales,
por eso no acudo si me nombran,
no escucho la llovizna en el acero.
¿Qué niebla logra otear por mis ventanas?
¿Cómo salvar del fuego tanta música?
El silencio fabula un cuerpo en equilibrio,
no puedo obedecer a mis demonios,
siempre supe que el rapto de una orgía
era más que un enigma de la raza,
no es ahondar en su noche
para hilvanar la edad de los culpables.
Quizá un corazón se esconda detrás de esta ciudad,
y el eco transparente que acosa mis memorias
responda a una sonata.

Amé su lengua, la pared trasciende esta confesión. Hay párpados abiertos por la culpa, perdón es el vacío que adornan los apóstoles, pude hallar mis latitudes, crucigramas sobre la piel,
celdas donde el barro no puede desvestirse. Me doy a la embriaguez entre fábulas. ¡Somos los elegidos! La condena es infamia: «Dejadle que atraviese el fulgor, egocéntrica, se deja seducir por un proscrito más nostálgico, un asceta que por el invierno dialoga con las nubes...» Pasionales, cuando acabe la tarde les pincharé el costado, voy andar perseguida, mi razón es amar, soy Eva sin manzanas, les brindo de mi vino. El perdón es de Dios, la mirada, de un poeta.

OTROS MITOS PROBABLES

El olvido puede disimularse, fraguar su carga de silencio. Si los ojos se vuelven, la neblina del amanecer será otra cosa. Las apariencias no se provocan, se intuyen, existe el fango solo hasta que el agua lo permita. El milagro no está en endurecer el vientre,

para que los niños no florezcan, ni en entreabrir los muslos, aliviar sus pasiones. Nada conforma, la solución del hombre nunca da en la costilla. Una mujer prefiere abandonarse a la hierba, no importa su virtud negada, aún el crucifijo no sangra en el madero.

II

Meditaciones en la acera del frente. Mientras yo —disueltos mis ojos, llorados por la lluvia— pregunto por los caminos olvidados de los reyes. ¿Existe la salvación, la música es otra excusa para cubrir el fuego? Gozo la primavera, lo limpio en la mirada, el ansia del futuro para evadir el tiempo. Voy contra la marea sin sentir los presagios del jinete. Hay decisiones donde la carne duele, caminos urgentes del destino.

III

En los ojos la nostalgia, giran mis campanarios.
He vuelto a la ciudad de mis palomas,
cómplice de aquel otoño en que fui golondrina
y no atendí horizontes de otra angustia.
Partir era la llave del mundo,
el equipaje dentro, como una frágil barca.
Ciudad, si he de marcharme,
¿Qué cisnes desnudan
las hojas de mi cuerpo?
Ya olvidé los vitrales
que endurecen la fragua,
¿dónde se ha perdido la piel?
Oh, pájaro, ven y canta en mis tejados,
gobernador del aire en mi febrero triste.
Sonríe. He salido en la noche
a buscar las altas marejadas,
desnuda de conjuros.
No envidio al unicornio que sufre su demencia.
Perdóname, ciudad, el letargo del agua
que reina en estas horas.
¿Dónde estás enterrándome el llanto,
las insepultas canciones del invierno?

La eternidad comienza mientras llueve
sobre la calle amarga que nos mira;
se ahogarán el cansancio y la desidia
si esta existencia necesaria muere.

Liliana Rodríguez Peña

ÍNDICE

EL CUERPO Y SUS MEDITACIONES...19

I 13

ABISMOS SIN ÓLEOS 13

QUE ETERNICEN 13

DOMINIOS 15

MEMORIAS 17

DESACIERTOS..19

CONVITE CON MÚSICA DE ÁNGEL..21

DETRÁS DE TU ROSTRO 22

CADA SIGLO ES CALIBRE DE VOLCANES 23

EL ÚLTIMO PECADO ES LA SOMBRA 25

LUJURIA DE PALACIO 26

LOS LÍMITES NO BUSCAN CALENDARIOS 27

PREMONICIONES II 29

PREMONICIONES III 30

PREMONICIONES IV 31

DESPUÉS DE UN LABERINTO 32

DESTINO 34

II 35

ESPEJOS DE LA IDENTIDAD 35

LA FLAUTA COMO UN SIGNO 37

DÍPTICO...38

SE FUE POR LA ESPERANZA 39

II 39

EN LA CRUCIFIXIÓN DE MI AGONÍA 42

LA LUJURIA EN EL ARCA DE LOS DIOSES 43

TOCATA Y FUGA CON AMANECER 44

ETERNO JUGLAR 45

AUDAZ SIN ESTRECHECES 47

NADIE SABRÁ LAS PENAS 49

UN ÁNGEL NUESTRO 50

II 50

MEDITACIÓN 51

II 52

III 53

IV 54

V 55

LO IRREMEDIABLE 56

DEL OTRO LADO DEL ESPEJO 57

III 59

TALISMAN DE LA PIEL 59

EVA SIN ESPEJOS 61

DONDE DUELE EL ESPANTO 63

LA SANGRE PALPITANTE 64

LA DAMA DE LA ROSA AMARILLA 65

AUXILIO HACIA EL RECUERDO 67

RÁFAGAS 68

ARDID DEL ELOGIO 69

ETERNO ALIENTO 70

ESTACIONES 71

ANÓNIMA FRAGANCIA 72

ERA MI HOMBRE, NADIE LO SOSPECHO 73

FUGACIDAD 74

DESNUDA EN LOS ESTEROS 75

I 75

II 75

III 76

FULGOR 77

AUSENTES APARIENCIAS 79

IV 81

EL TIEMPO SOBREVOLÓ 81

MIS ARENALES 81

EL ESPEJO NO INTIMA CON LA DISTANCIA 83

PUGNASTE CON MI VOZ 85

II 86

III 87

IV 89

TESORO 91

REFLEJO DE LA VERDAD 92

TRAVIATTA 93

ABISMOS PARA RUMIAR EL MIEDO 94

HERIDA DE SUEÑOS 95

RÉQUIEN PARA UNA EXTRAÑA CITA 96

INCERTIDUMBRE 97

ENIGMA 99

SINFÓNICA RAZÓN DE LA CORDURA 100

OTROS MITOS PROBABLES 101

II 101

III 102

ÍNDICE 105

OTROS TITULOS DE LA AUTORA 109

NOTA DE CONTRACUBIERTA 111

DATOS DE LA AUTORA 112

OTROS TITULOS DE LA AUTORA

Meditación del cuerpo (2005)
Ciudad para Giselle (2005)
Antología Oral Traumática
 y Cósmica en las décimas de Odalys Leyva (2005)
Crónicas de las pirámides del fuego (2006)
Presagio que intimida las raíces (2006)
Presagio que intimida las raíces (2006)
Carta Lirica (2006)
Convicta de la gloria (2007)
Diálogo sagrado de las vírgenes (2008)
Pacanda (2008)
Los Césares perdidos (2009)
Antología de la poesía erótica de Odalys Leyva, (2009)
Controversia y aplomo, (2010)
Los Guevos de Machu Picho,
teatro malárico y otras representaciones, (2010)
Antología Cuatro poetas de Oriente (2011)
Sonetos a la Buena Muerte (2011)
Antología de Sonetos Oral Traumáticos (2012)
Cuatro voces y un concierto, (2012)
Fundiendo sus voluntades (2013)
El Apocalipsis no niega las palomas (2014)
Fantasmas Insulares (2014)
Crónicas naturales (2014)
Controversia y Aplomo (2014)
Parnaso de la Glosa Cubana (2019)
Perversas mujeres contra el muro, (2020)
Embestidas de la piel, (2020)
Los cesares perdidos (2020)
La venganza del contrario; (2020)
Que Dios los perdone, (2021)
Las dagas del exilio, (2021)
Seducción y poder (2021)
Maldiciones de mujer (2021)
El apocalipsis no niega las palomas (2021)
La lengua es un siglo oscuro (2021)

Convicta de la gloria (2021)
Ciudad para Giselle (2021)
Embestidas de la piel (2021)
Fantasmas Insulares (2021)

DATOS DE LA AUTORA

Odalys Leyva Rosabal: San José de la Plata, Cuba (1969), Máster en Ciencias, Aspirante a Doctora en Ciencias Pedagógicas. Presidenta del grupo internacional «Décima al filo» y del grupo de «Poetas y Escritores Universales»" para Cuba (2021). Ha publicado más de treinta libros en Cuba, México, España, Venezuela, Estados Unidos y Panamá.

Ha obtenido premios nacionales e internacionales. Recibió la distinción «Dama de las Hespérides» de Murcia, España, (2014). Ha realizado en México conferencias, recitales poéticos y presentaciones de libros-cada año- desde (2005 hasta 2019). Participó en encuentros culturales en Estados Unidos en (2016) y (2017). Ha recibido reconocimientos y diplomas en International Writers and Artists Association, Estados Unidos, (2015), at Florida International University, Miami, (2016), en New Professions Technical Institute, Miami Florida, 2016, The Cove Rincon (2016), Centro Cultural Francisco Henríquez, Miami, (2017), Revista Carta Lírica, Miami, (2017), entre otros. Fue nominada por la Editorial Hispana de Estados Unidos, entre las mejores 100 escritoras de Hispanoamérica y el Caribe (2020 y 2021), fue nombrada International

Ambassador of Pace por la asociación «World Literary Forum For Peace and Human Rights» (2021), fue nominada ciudadana del Reino de Atlantis. por su trayectoria literaria. Ha recibido invitaciones, publicaciones de libros y promociones de su obra por el Frente de Afirmación Hispanista de México, A.C. (2005-2021). Ha obtenido premios y reconocimientos por varias instituciones culturales de Cuba y del mundo.

Cacique Turquino
Fundación Editorial